Das bin ich

Ich heiße: Katinka. Wer mich mag, nennt mich Kiki. Also, ich sag immer Kiki zu mir.

So alt bin ich: schon 6 (und als nächstes, übervormorgen, kommt 7!)

Sternzeichen: Meerjungfrau

Zu meiner Familie gehören:

Mama, Matze (ihr Lebensabwaschpartner) und mein Bruder Tammo. Der ist schon groß und schon doof. Aber manchmal knuddeln wir trotzdem, wenn er mal nicht doof ist.

Lieblingsfarbe: Pink, Lila, Glitzer

Lieblingsessen: Hähnchenkeulen

Lieblingstier: Eisbär, Pferd, Delfin, Dino, Hund, Panda, Igel, Koala, Osterhase

Das mag ich:
Essen, Sonne, Krönchen

Das mag ich nicht:
Gewitter, Angeber, Käse

Das kann ich besonders gut: lachen, tanzen, malen

Das will ich mal werden: Pferdezähmerin, Prinzessin, Kunstmacherin, Bestimmerin

Das wünsche ich mir:
eine Badewanne voller Wackelpudding

Ein Verlag der Westermann Gruppe

MIX
Papier | Fördert gute Waldnutzung
FSC® C110508

1. Auflage 2023

Rottendorfer Straße 16
97074 Würzburg

Der Text wurde vermittelt durch die
Literary Agency GmbH, Michael Meller

Die Illustrationen wurden vermittelt
durch Carolin Steffens,
Illustrationsagentur Bilderkammer
Lektorat: Annette Stanger
Satz: mh Graphikatelier, Speyer
Gesamtherstellung: Westermann Druck Zwickau GmbH
Gedruckt in Deutschland
ISBN 978-3-401-71889-7

www.arena-verlag.de

Franziska Gehm

Kiki legt los!

Erste Stunde Kritzelkunde

illustriert von
Fréderic Bertrand

Kapitel 1

„Kiki, wir müssen los!“, ruft Mama.

„Schuhe an, Jacke an, Schulranzen auf und … Mist, wo hab ich denn …?“

Mama rennt an mir im Flur vorbei. Bestimmt sucht sie ihr Handy. Mama hat eine große rote Klemme im Haar, die wie ein Entenschnabel aussieht. Die macht sie eigentlich immer nur rein, wenn sie sich vorm Spiegel anmalt. Vielleicht will sie die heute aber ins Büro anziehen.

„Tammo!“, ruft Mama. „Du auch!“

„JA!“, schreit Tammo zurück. „Ich bin ja schon fertig!“ Tammo schubst mich zur Seite, nimmt seine Jacke von der Garderobe und zieht seine dreckigen Turnschuhe an. Ohne Schnürsenkel aufmachen.

ATLAS

„Mama, Tammo hat mich geschubst!“, rufe ich.

„HAB ICH GAR NICHT!“, schreit Tammo und schubst mich noch mal.

Tammo schreit immer, wenn es schnell gehen muss. Seit ich in der Schule bin, muss es montags, dienstags, mittwochs, donnerstags und freitags schnell gehen.

In meinem Schuh pappt ein grauer Klecks Monsterschleim. Der kommt von Tammo! Ich pule den Schleim raus und klebe ihn heimlich auf Tammos Rücken, bevor er die Jacke anzieht. Ich muss kichern und halte mir schnell die Hand vor den Mund.

Mama stürmt mit dem Handy in der Hand in den Flur und hängt sich ihre Tasche um.

„Katinka, los, Jacke an!“

„Also“, beginne ich und gucke mir dabei im Spiegel zu, „ich finde, Schule soll später anfangen. Und früher aufhören. Ganz einfach. Aber die Politiker, die tun ja nichts für die Kinderrechte. Und deswegen …“

„Jetzt nicht!“ Mama stopft mich in die Jacke, setzt mir den Schulranzen auf und schiebt mich zur Tür raus.

Wie immer, wenn ich die besten Ideen habe, hat keiner Zeit zum Zuhören. So wird das nie was mit dem Weltverbessern!

Kapitel 2

Frau König ist unsere Lehrerin. Sie ist nett. Nicht nett finde ich, wenn sie komische Kringel an die Tafel malt, die wir dann abmalen sollen. So wie jetzt.

Trotzdem hole ich meinen Bleistift aus der Federmappe und lege los. Weil, wenn man das schön macht, drückt Frau König einen Krönchen-Stempel drunter, und den will ich haben.

„Guck mal“, sagt Cosimo. Der sitzt neben mir. Obwohl ich gar nicht neben ihm sitzen will. Das hat Frau König bestimmt, denn die ist die Bestimmerin. Cosimo zeigt mir seine Federmappe. Die hat drei Fächer mit Buntstiften, Filzern, Wachsmalstiften und sogar mit Killer.

Mir doch egal. Ich gucke wie ein cooler Cowboy und male meine Kringel ins Heft. Kringel. Kringel. Kringel. Fertig. Ich sehe aus dem Fenster. Menno, wenn ich jetzt da rauskönnte zum Klettergerüst.

Plötzlich steht Frau König neben mir. „Du bist ja schon fertig, Katinka! Toll."

Ich nicke und schiebe ihr mein Heft hin, damit sie das Krönchen reinstempeln kann.

„Weißt du, was? Am besten, du machst noch ein paar Schwungübungen auf die nächste Seite. Und versuch es mal mit der richtigen Stifthaltung", sagt Frau König.

„Was ist wichtiger?", frage ich. „Dass ich den Stift richtig halte oder dass ich schöne Kringel male?"

Frau König zieht die Augenbrauen hoch.

„Deine Kringel werden noch schöner, wenn du den Stift richtig hältst."

Das mit dieser blöden Stifthaltung hat Frau König schon ganz oft gesagt. Ich nehme den Stift und male einen Zacken. Einmal quer über das ganze Blatt. Ich drücke so doll auf, dass das Blatt ein Loch bekommt.

So ein Beschiss! Alle tun immer so, als wäre Schule ganz toll. Okay, der erste Schultag war schon toll. Weil, da habe ich meine Zuckertüte bekommen. Oder Schultüte, so nennt die Maximilian, mit dem war ich im Kindergarten. Also ich hab lieber 'ne Zuckertüte, weil, da ist was mit Zucker drin, ist ja wohl klar.
Und Maximilian ist eh doof.

Jedenfalls, in der Schule, also, da wird es dann gleich anstrengend. Und langweilig sowieso.

Am liebsten würde ich einfach aufstehen und rausrennen und über den Schulhof hüpfen, dass er Dellen bekommt. Aber dann setzt Frau König meinen Namen bestimmt auf die Gewitterwolke an der Pinnwand und ich will doch auf der Sonne bleiben. Denn auf der Gewitterwolke, da sind die bösen Kinder.

„Das kannst du besser, Katinka. Nicht so schnell aufgeben, weiterüben“, sagt Frau König.

Plötzlich meldet sich Hanna in der ersten Reihe. Hanna hat immer lustige bunte Strumpfhosen an und sagt sonst keinen Pieps. Jetzt fragt sie so leise, dass man sie kaum hört: „Darf ich aufs Klo?“

Da habe ich eine Idee. Eine Idee, wie ich hier rauskomme ohne Gewitter. Ich melde mich.

„Ich muss auch, Frau König.“

„Warst du nicht vorhin erst?“ Frau König sieht mich an, als wäre sie von der Polizei.

„Schon, aber, Frau König, weißt du, ich hab ’ne Dackelblase.“

Das sagt Matze immer, das mit der Dackelblase. Obwohl wir gar keinen Dackel haben.

„Na gut, ihr zwei“, sagt Frau König. Ich grinse Hanna zu und sofort schlüpfen wir zur Tür hinaus.

Hanna und ich rutschen in unseren Hausschuhen über den Flur. Es ist fast wie Fliegen. Mindestens wie Schlittschuhlaufen.

Wir schlittern bis zu den Mädchenklos, reißen die Tür auf und huschen rein.

„Ah, FREIHEIT!“, rufe ich, atme ganz tief ein und drehe mich mit ausgebreiteten Armen im Kreis.

Hanna verschwindet in einem Klo und ich in dem Klo daneben. Ich setze mich auf den Klodeckel, wackle mit den Beinen und singe: „Hinter dir, hinter dir, hängt eine Rolle Klopapier!"
Hanna kichert und plätschert.

„Das haben wir immer im Kindergarten gesungen. Und Melody, also meine Freundin aus dem Kindergarten, die kann sogar im Stehen pinkeln, echt. Und weißt du, was total doof ist? Dass Melody und ich nicht in einer Klasse sind."

Hanna kommt wieder aus der Kabine raus. Ihre bunte Strumpfhose hängt noch in den Kniekehlen und sie zieht sie hoch.

„Im Kindergarten war es schön“, sagt sie leise. Ich trete aus der Kabine zu Hanna.

„Find ich auch. Da durfte ich nämlich sitzen, neben wem ich wollte, und malen, was ich wollte. Und überhaupt. Einfach bestimmen. Ich wünschte, wir wären hier die Bestimmer.“ Hanna nickt ernst. „Und wir bestimmen selbst, was wir lernen.“

„Genau! Nachtische kochen. Und Streiche machen!“

„Und Jonglieren, Balancieren und Betten beziehen“, sagt Hanna.

„Und in der Schule gibt es ein Schwimmbad mit Rutsche. Und keine Lehrer. Oder doch Lehrer, aber die stellen uns nur ’nen Film an und müssen dann wieder gehen.“

„Und wir sind die Hausmeister“, sagt Hanna.

„Aber nicht so wie Herr Feldberg. Wir schimpfen nicht."
Ich nicke. Unser Hausmeister Herr Feldberg ist ein richtiger Feldwebel, sagt Mama immer. Und Feldwebel reimt sich auf Säbel und hat was mit Armee und Soldaten zu tun.

Hanna geht zum Waschbecken und dreht den Hahn auf. Ein riesen Wasserschwall schwappt auf ihren Pulli. Hanna kreischt. Sie ist pitschnass.

„Den musst du ausziehen und dann machen wir Windbrause, bis er trocken ist", erkläre ich. Windbrause, das haben wir auch immer im Kindergarten gemacht.

„Okay?" Hanna zieht zögerlich den Pulli aus. Ich schnappe mir die Ärmel, Hanna das andere Ende. Dann wackeln wir mit dem Pulli, damit er trocken wird. Ab und zu pusten wir auch. Und dazu singen wir „Hinter dir, hinter dir, hängt eine Rolle Klopapier". Schön laut, also ich auf jeden Fall, denn das macht Spaß. Es hallt herrlich auf dem Klo.

Plötzlich reißt jemand die Tür auf. Hanna lässt vor Schreck den Pulli los. Ich stehe stramm. Jetzt kommt der Feldwebel! Aber das ist er gar nicht. Es ist ein Junge, ein großer Junge. Also mindestens schon dritte Klasse.
Er steckt den Kopf herein, ruft: „Igitti, Mädchen-Pipi!", und knallt die Tür wieder zu.

Hanna sieht mich mit großen Augen an. Dann lachen wir beide los. Jungs sind so bescheuert! Hanna krümmt sich vor Lachen. Etwas purzelt aus der Tasche von ihrem Rock. Es sind zwei Stifte. Rot und blau. Sie glänzen und sehen ganz neu aus.

Hanna geht in die Hocke, hebt den roten Stift auf und ich den blauen.

„Guck mal, wie toll ich schon Kringel kann!"
Ich trete in eine Klokabine, reiße ein Stück Klopapier ab und will einen Kringel darauf malen. Aber es zerreißt. Da habe ich eine lustige Idee.

„So, Kinder", sage ich wie Frau König.

„Wir machen heute Schwungübungen."
Dazu male ich einen schönen großen Kringel an die Wand in der Klokabine. Wie an eine Tafel. Und wie eine Lehrerin. Und richtig kringelschön. Hanna wird blass wie Klobrille. Bestimmt vor Neid.

„Willst du auch mal?", frage ich.

Hanna starrt auf die Klowand und murmelt: „Ich weiß nicht …"

„Kannst du noch keine Kringel?"

„Doch", sagt Hanna.
„Ich kann sogar Herzchen."

„Zeig!"

Hanna zögert.
Schließlich tritt sie an die Klowand und malt ganz langsam und ganz vorsichtig mit dem roten Stift ein Herz. Ein ganz kleines und ganz schönes.

„Toll!“, rufe ich und male ein Krönchen darunter.

Dann male ich auch ein Herzchen. Sieht aber wie ein dicker Popo aus.

Ich male lieber noch ein paar blaue Kringel. Hanna malt ein rotes Krönchen unter meine Kringel und noch ein paar kleine Herzchen drum herum.

Wir malen immer weiter. Die Wand sieht lustig aus. Fast wie in dem Café, in dem ich mal mit Mama auf dem Klo war.

Bald werden uns die Kringel, Krönchen und Herzchen zu langweilig.

Hanna malt Blümchen. Ich einen Dinosaurier mit zwei großen Zähnen. Dabei singen wir das Lied vom Klopapier. In meinem ganzen Körper kribbelt es, als würden lauter Kringel da drinnen tanzen. Und ich glaube, bei Hanna, da kribbelt es auch.

„WAS IST DENN HIER FÜR EIN RINGELPIETZ?“, donnert plötzlich eine Stimme auf dem Flur.

Blitzschnell stecken wir die Stifte ein, huschen aus der Kabine und ich knalle die Tür zu. Im selben Moment reißt der Hausmeister die Tür zu den Mädchenklos auf.

Hanna und ich stehen stramm. Herr Feldberg stemmt die Hände in die Hüften. Seine Hände sehen aus wie Tatzen, seine Nase wie ein Hackklops und seine Augen gucken so scharf wie Zwiebeln. „Was wird'n das hier? Klo-Chor, oder was? ABMARSCH, zurück ins Klassenzimmer! Und zwar DALLI, die Damen!“

Jawohl, Herr Feldwebel, sage ich. Aber nur in meinem Kopf. Hanna streift den nassen Pulli über. Dann kommt ihr Kopf zum Vorschein, und ich sehe, dass sie ganz blass ist. Aber auf ihrer Nasenspitze ist ein kleiner rosa Klecks. Ein Spaßklecks.

Dann stürmen wir auf den Flur. Ich schlittere Hand in Hand mit Hanna den Gang entlang, und das ist so schön, dass ich fast laut loslache.

„NICHT RUTSCHEN. NICHT RENNEN! HIMMELDONNERWETTER NOCH MAL!“, brüllt uns der Feldwebel hinterher.

Frau König zieht beide Augenbrauen hoch, als Hanna und ich wieder ins Klassenzimmer kommen. „Das hat aber sehr lange gedauert."

Ich nicke. „Wir hatten eine längere Sitzung auf dem Donnerbalkon."

Das sagt nicht Matze, sondern Opa immer, wenn er mit einer Zeitung auf dem Klo verschwindet.

„So, so. Donnerbalkon", sagt Frau König.

„Bei Donner müsst ihr aufpassen. Das kann Gewitter bedeuten." Sie zeigt kurz zur Pinnwand hinter sich.

Auweia! Ich gucke zu Hanna. Sie sitzt in der ersten Reihe, stocksteif, und starrt auf die Pinnwand. Auf die Gewitterwolke. Die ist riesig und dunkel und hat einen fiesen Blitz. Jetzt kribbelt es nicht mehr in meinem Bauch, jetzt grollt und rumpelt es, als würde sich was zusammenbrauen.

Kapitel 3

Endlich bimmelt es zur Pause! Ich renne auf den Pausenhof und suche Melody. Aber sie stromert mit ein paar Jungs aus ihrer Klasse durchs Gebüsch. Schade. Ich muss ihr doch alles erzählen, vom Klo, den Kringeln und dem Donner.

Im Kindergarten, da war Melody immer dabei. Und jetzt ist sie immer weg. Mein Herz wird ganz schrumpelig davon, wie eine Rosine. Und die mag ich nicht.

Ich hüpfe ein bisschen über den Schulhof und stelle mir vor, der Boden ist Lava. Das habe ich oft mit Melody gespielt.

Dann sehe ich Hanna. Sie steht ganz allein da und hält mit beiden Händen einen Quetschie. Mit zwei großen Hopsern bin ich bei ihr.

„Hast du's gut", sage ich und zeige auf den Quetschie. „Meine Mama sagt, Quetschie ist Quatsch."

Hanna hält mir den Quetschie hin.

„Echt? Danke!" Ich sauge und finde, der Quatsch schmeckt richtig gut.

„Meinst du, Herr Feldberg hat unser Kritzelklo gesehen?", fragt Hanna leise.

Ich schüttele schnell den Kopf. „Nee, der ist doch ein Junge. Der darf gar nicht aufs Mädchenklo."

„Stimmt!" Hanna atmet laut aus und ihre Augen glänzen wie nasse dunkelblaue Weintrauben.

„Kennst du **Empompie Kolonie**?", frage ich.

Hanna nickt, ich stelle den Quetschie weg und schon klatschen wir los.

Hanna kennt auch **Schoko Schoko La La** und noch eins mit irgendeiner bayerischen Bank.

Ich kenne **Eene meene Mopel**. Von Oma.

Dann setzen wir uns auf die Treppe zu den großen Mädchen. Die sind voll nett. Sie machen uns schicke Frisuren. Mit Blümchen und Grashalmen drin. Auf einmal reden sie über eine RIESENSCHWEINEREI, die eine Lehrerin eben auf dem Mädchenklo entdeckt hat.

Hanna und ich sehen uns mit großen Augen an. In meinem Bauch donnert es.

„Dabei waren die voll schön, die Kringel und Herzchen", sagt das Mädchen, das mir gerade Löwenzahn in die Haare flicht. „Und ein dickes blaues Häschen war auch dabei. Das war total süüüüß!"

Hä? Häschen? Dinosaurier!, sage ich, aber zum Glück nur in meinem Kopf.

„Darf man trotzdem nicht, auf Klos rumschmieren", sagt ein anderes Mädchen.

„Ich find das echt mutig", sagt meine Friseurin. „Das ist wie so coole Kunst, die heimlich sein muss, so Graffiti oder so."

„Der Feldwebel findet bestimmt raus, wer das war“, sagt das andere Mädchen. „Und dann gibt’s Ärger!“

Ich schlucke und schiele zu Hanna. Sie presst die Lippen aufeinander. Der Spaßklecks auf ihrer Nase ist längst verblasst. Ich lege meine Hand auf ihre und drücke sie. Hannas Hand ist eisekalt. Aber ich wärme sie.

Kapitel 4

Und dann gibt's wirklich Ärger. Gleich nach der Pause. Die nette Frau König steht vor der Klasse und sieht gar nicht mehr nett aus. Weil, sie hat den bösen Strich auf der Stirn. Den bekommt sie immer, wenn sie schlechte Laune hat und ihr Gesicht so seltsam zerknautscht.

„Bevor wir mit dem Unterricht weitermachen, müssen wir etwas klären. Jemand hat die Mädchenklos bekritzelt", beginnt Frau König. Sie sagt nichts weiter, guckt ganz langsam durch die Klasse, guckt mich besonders lange an und dann zu Hanna.

Die bekommt das aber gar nicht mit. Sie ist auf ihrem Platz zusammengeschrumpft, hat ihren Pulli bis über die Nasenspitze gezogen und starrt auf ihre Federmappe, als wollte sie sich darin verkriechen.

Ich muss an eine Geschichte denken. Da fragt der Lehrer: „Wer war das?“, und dann meldet sich einer, dann noch einer und noch einer, bis sich alle melden und keiner bestraft werden kann. Das ist ein super Trick. Aber der geht hier nicht. Weil: Da hätte ja die ganze Klasse in der letzten Stunde auf dem Klo sein müssen. Das hätte Frau König gemerkt.

Also seufze ich, melde mich und sage leise: „Das war ich."

„Und ich", piept Hanna durch ihren Pulli.

„Wieso macht ihr denn so was?", fragt Frau König, die Hände in die Hüften gestemmt.

„Das war meine Idee", sage ich. „Das Klopapier war zu dünn und du schreibst ja auch an die Wand, Frau König, ich meine, an die Tafel, und die Hanna, die kann richtig schöne Herzchen und … na ja … also, das ist ja auch so was wie Kunst, oder?"

Frau König schielt zwischen Hanna und mir hin und her. Jetzt seufzt auch sie und der böse Strich auf ihrer Stirn ist schon nicht mehr ganz so dick. „Kunst machen wir in Kunst und nicht auf dem Klo."

„Auf'm Klo machen wir Würste", wirft Maximilian ein. Ein paar kichern und Frau König schließt kurz die Augen.

Als es wieder ruhig ist in der Klasse, sagt Frau König: „Zum Glück konnte Herr Feldberg alles gleich wieder abwischen. Trotzdem ..."

Frau König dreht sich zur Pinnwand um. Sie nimmt Hannas und meinen Namen von der Sonne.

„Ich muss euch leider auf die Gewitterwolke setzen."

Hanna rutscht der Pulli von der Nasenspitze. Sie holt laut Luft und ihr ganzer Oberkörper zittert.

KATINKA
HANNA

Weint Hanna etwa? Ich versuche, ihr Gesicht zu sehen, aber sie vergräbt es in ihren Händen. Ich starre auf die Gewitterwolke.

Auf der Gewitterwolke sind die bösen Kinder. „Aber ich bin nicht böse! Ich wollte doch nur Hannas Stift ausprobieren!“, sage ich aus Versehen laut.

Frau König dreht sich um und sieht mich erstaunt an. „Nein, du bist nicht böse. Und du auch nicht, Hanna. Aber Schulklos bemalen ist gegen unsere Regeln. Es ist falsch.“

Hanna nickt ganz dolle.

„Jeder tut mal was Falsches." Frau König nickt Hanna und mir zu. „Bestimmt seid ihr bald wieder auf der Sonne."

Ich starre auf meinen Namen an der Pinnwand. Immerhin bin ich nicht allein auf der Gewitterwolke.

Aber ob Hanna jetzt überhaupt noch was mit mir zu tun haben will? Ohne mich hätte sie niemals auf dem Klo rumgekritzelt. Vielleicht bin ich doch böse?

Kapitel 5

Nach der Schule schlurfe ich zum Schultor. Dort warte ich auf Matze. Die anderen aus meiner Klasse werden direkt an der Tür abgeholt. Babys! Ich gehe schon allein! Also, bis zum Tor eben.

„Tschüss, Kritzelklo-Kiki!“, ruft mir Cosimo zu. Seine Mama trägt seinen Schulranzen und läuft auf ein sehr großes und sehr sauberes Auto zu. Vielleicht ist es auch seine Oma. Da bin ich mir nicht so sicher. Am besten, ich frag sie beim nächsten Mal einfach.

„Selber Cosimo Pupspopo“, rufe ich zurück. Bestimmt ist das seine Oma, weil, die hört das gar nicht mehr.

Melody saust mit ihrem Roller vorbei. „Mach's gut, Kiki!" Ich winke und will eigentlich „Warte mal!" und „Ich muss dir was erzählen!" und „Wollen wir heute zusammen spielen?" rufen. Aber dann rattert Melody schon auf dem Fußweg davon und ich bekomme wieder ein Rosinen-Herz.

Einen Moment gucke ich auf meine Schuhe, dann links und rechts die Straße vor der Schule entlang. Kein weißer Lieferwagen. Mit dem kommt Matze nämlich meistens.

Dafür schiebt ein großer dünner Mann mit Brille, Helm und leuchtend gelber Weste ein Fahrrad an mir vorbei. Vorne am Fahrrad dran ist so ein Kasten. Dadrin sitzt Hanna mit Helm auf dem Kopf.

„Tschüss, Hanna, bis morgen“, sage ich. Es klingt wie eine vorsichtige Frage.

Hannas Papa lächelt mir zu. Er sieht nett aus. Hanna lächelt nicht. Sie sieht traurig aus. Als der Papa aufs Rad steigt und losfährt, dreht Hanna sich zu mir um. Jetzt sehen ihre Augen wie schwarze Oliven aus. Ganz kurz blinzelt sie.

Vielleicht kann mich Hanna doch noch ein bisschen leiden?

Ich würde gerne mit zu Hanna nach Hause. Aber Matze ist nicht da und ich kann ihn nicht fragen. Menno. Gleich sind alle Kinder weg. Nur ich stehe noch hier. Und das nach so einem Blödtag! Leise summe ich das Klopapierlied und denke an die Windbrause mit Hanna und auf einmal kribbelt es wieder in meinem Bauch und ich kann einfach nicht stillstehen und weiter warten.

Ich schiele noch mal die Straße entlang. Nur ein Stückchen weiter, am Ende der Straße, da ist ein Spielplatz. Da kann man hopsen, wann man will, singen, wann man will, und spielen, was man will. Da gibt es keine Feldwebel, Gewitterwolken und keine bösen Striche. Da ist alles ganz einfach und man kann gar nichts falsch machen. Bevor ich Schiss bekomme, renne ich los. Meine Haare wehen, und es kribbelt in meiner Nase, weil da so viel Freiheit reinkommt. Noch mehr als auf dem Klo.

Auf dem Spielplatz sind Petar und Isra. Die gehen in meinen alten Kindergarten.

„Kiki, hallo!", sagt die Mama von Petar. Sie sitzt auf einer Bank am Rand vom Sandkasten und drückt mich kurz. Sie ist ganz viel und ganz weich. Meine Mama und Mama Petar haben bei unserem Abschlussfest zusammen Dreibeinlauf gemacht und sind dabei umgefallen. Seitdem mögen sie sich.

„Sag mal, bist du ganz allein hierhergelaufen?"

„Klar. Bin doch ein Schulkind!"

„Die Mama weiß Bescheid?" Mama Petar sieht mir ernst in die Augen. Ich gucke schnell weg.

„Ja, ja, Matze kommt gleich."

Mama Petar zieht eine Augenbraue hoch. Dann schnappt sie sich ihr Handy.

Petar und Isra sehen mich mit großen Augen an. Als wäre mein Schulranzen ein Raketenrucksack, mit dem ich von einem anderen Planeten gelandet bin. Ich setze den Ranzen ab, rufe: „Los geht's! Feuerwehr!", und flitze zum Klettergerüst. Kletter, kletter, klett bin ich oben und sause die Rutsche hinunter.

„Feuerwehr! Feuerwehr!", schreien Petar und Isra und machen mir alles nach. Das nervt.

Ich setze mich in den Sandkasten, direkt vor Mama Petar.

„Und was hast du heute Tolles in der Schule gemacht?“, fragt sie.

„Schwungübungen auf dem Klo“, sage ich und male mit dem Zeigefinger ein paar Kringel in den Sand.

Petar und Isra setzen sich neben mich in den Sand.

„Klo Popo, Klo Popo“, singt Isra.

Ich sehe sie streng an.

„Klingt, als ob Schule Spaß macht“, meint Mama Petar.

„Weißt du, Mama Petar“, sage ich und klopfe mit der flachen Hand den Sand vor mir fest. „Um den Spaß, da muss man sich selber drum kümmern. Dafür hat die Lehrerin keine Zeit.“

Mama Petar nickt. „Kann ich mir vorstellen. Kannst du schon was schreiben?“

„Klar!“ Ich streiche eine große Sandfläche glatt und schreibe mit dem Zeigefinger …

„Toll!“ Mama Petar sieht mein Wort bewundernd an.

„Petar auch!“, ruft Petar und malt viele schräge Striche in den Sand.

Ich würde mich soooo freuen, wenn Mama Petar jetzt ein Krönchen unter das KLOPABIR macht. Aber Krönchen gibt's nur von der Königin.

„KIKI?", ruft da auf einmal Matze von der Straße. Er springt aus dem weißen Lieferwagen und läuft auf den Spielplatz zu. Seine Wangen sind ganz rot und seine Haare zerzaust. „Mann, hast du mir einen Schrecken eingejagt!"

Kapitel 6

Als Mama am Nachmittag nach Hause kommt, sagt sie gleich: „Wir müssen reden!“

Das kenne ich schon. Es bedeutet, dass Mama millionentausend Fragen stellt, obwohl sie sowieso schon alles weiß.

Sie zieht ihre Schuhe aus, setzt sich an den Küchentisch und stöhnt leise. In ihren Haaren ist noch der Abdruck der roten Entenschnabel-Spange zu sehen.

Ich verschränke die Hände vor dem Körper, senke den Kopf, stülpe die Unterlippe vor und gucke Mama so von unten an.

„Also, Matze hat mir alles erzählt. Wieso bist du nach der Schule einfach zum Spielplatz gegangen?“, fragt Mama.

Ich zucke mit den Schultern. Und dann, als wäre ich ein Ballon und Mama hat mich angepikst, zischt die ganze dicke Luft auf einmal aus mir raus: „Matze ist eben nicht gekommen und dabei war doch so ein blöder Tag und ich war sowieso schon traurig wegen der Gewitterwolke und Hanna war auch ganz schlimm traurig und das kam alles vom Klo und von den Kringeln, also die waren eigentlich ganz lustig, aber nur am Anfang, dann gab es Ärger, obwohl die großen Mädchen das cool fanden und ...“

„Moment, Moment! Was denn für ein Gewitter? Auf dem Klo? Ach, Kiki!“ Mama nimmt meine Hände und zieht mich an sich heran. Sie ist warm und weich. Nicht so weich wie Mama Petar. Dafür riecht sie besser. Nach Mama nämlich.

Ich erzähle Mama, wie ich mit Hanna die Klowand bemalt habe. Und wie gut es sich angefühlt hat, obwohl es falsch war.

„Na, das war ja wirklich eine Schnapsidee!" Mama schüttelt den Kopf. Dann legt sie ihre Stirn an meine und flüstert: „Soll ich dir was verraten? Eigentlich mag ich so coole Kunst, wie ihr sie gemacht habt. Graffiti und so was. Vielleicht kannst du das mal woanders machen." Mama gibt mir einen Kuss auf die Stirn, wie ein Pflaster.

„Au ja! Zusammen mit Hanna."

„Ist Hanna deine neue Freundin?“, fragt Mama. Ich kratze mich an der Nase. „Weiß nicht. Wegen mir ist sie jetzt auf der Gewitterwolke.“

Mama überlegt einen Moment. „Okay, das ist nicht gerade der beste Anfang. Aber wenn du mit ihr ein Gewitter überstehst, ist das ein gutes Zeichen.“ Mama lächelt und streicht mir über den Kopf.

Ich nicke ernst. Denn jetzt muss noch was raus, was echt Schlimmes.

„Mama?“, flüstere ich. „Bin ich böse?“

„Nein!“, sagt Mama sofort. Doch dann legt sie den Kopf schräg und sieht mich nachdenklich an. „Höchstens genau so ein klitzekleines bisschen böse, dass du nicht zu gut für diese Welt bist.“

Darüber muss ich erst mal kurz nachdenken.

„Also, du meinst, ich bin okay?“
Mama nickt und drückt mich noch mal. So doll, dass wir fast eins werden. „Versprich mir

bitte nur, dass du nicht noch mal allein losläufst."

„Versprochen", schniefe ich in ihren Nacken. „Nie, nie wieder!" Vielleicht kann Melody ja morgen nach der Schule mit zum Spielplatz kommen. Oder Hanna. Oder beide!

In dem Moment schlurft Tammo in die Küche. „Hast du schon wieder was ausgefressen?"

„Nö", sage ich und Mama sagt gleichzeitig: „Kiki ist auf die Gewitterwolke geraten."

„Gewitterwolke? Cool!“ Tammo nickt mir anerkennend zu. Er reißt die Kühlschranktür auf und sucht nach etwas Essbarem.

Mama steht auf und fährt Tammo über den Rücken. „Hallo erst mal, mein Groß-ÄHHH, WAS IST DENN DAS?“ Mama guckt, als hätte sie in einen Riesenpopel gegriffen.

„Dieses eklige Schleimzeug! Wie kommt das denn auf deinen Pulli?“

„Woher soll ICH das wissen?“ Tammo versucht, den Monsterschleim auf seinem Rücken zu sehen. Mama versucht, ihn gleichzeitig abzubekommen. Sie drehen sich in der Küche im Kreis. Ein lustiger Tanz.

„Ich krieg echt noch die Krise mit euch beiden!“, schimpft Mama.

Ich weiß, wie ich Mama eine dolle Freude mache. „Ich muss mal!“, rufe ich und flitze in den Flur. Aus dem Schubfach hole ich mir Matzes Zauberstift. So. Klotür auf. Klotür zu. Los geht´s.

Der Stift stinkt und quietscht, aber er malt super. Schön fett und schwarz. Ich schreibe alle Wörter an die Tür, die ich schon schreiben kann und die mir gerade einfallen:

Dazwischen male ich Krönchen. Manchmal auch einen Kringel. So. Fertig! Ich mache einen Schritt zurück und gucke mir die Tür an. Cool! Mama wird sooo staunen! In meinem Bauch krabbeln lauter alberne Ameisen vor Vorfreude.

Ich flitze zurück in die Küche. Tammo ist verschwunden. Mama sitzt am Küchentisch und tippt auf ihrem Handy herum.

„Musst du mal?“, frage ich.

Mama macht „Hä?“, ohne mich anzusehen, und tippt weiter.

Ich warte ein bisschen, ob Mama vielleicht zappelig wird. Weil, wenn ich zappelig werde, dann sagt sie immer, ich muss aufs Klo. Aber Mama sitzt nur da und tippt. Tipp, tippi, tipp. Ich glaube, vom Tippen muss man nicht pullern. Aber ich weiß, von was!

Ich nehme ein Glas und mache es voll mit Wasser. Das stelle ich Mama hin. Sogar ohne Schwappern. „Für dich.“

Jetzt guckt Mama doch auf. „Oh! Das ist aber nett von dir. Danke!“ Sie trinkt einen kleinen Schluck.

„Du kannst ruhig mehr trinken, wenn es schmeckt.“ Ich lächle ganz lieb.

Mama lächelt zurück und trinkt.

Das Glas ist schon zur Hälfte leer. „Und den Rest auch noch!"

Mama streicht mir über den Kopf. „Mach ich."

Na, dann ist ja alles klar. Ich verschwinde erst mal ins Wohnzimmer. Denn jetzt, das weiß ich genau, muss ich nur noch warten. Bis das Wasser durch den Bauch und all die Schläuche im Körper durchgeblubbert ist.

Kapitel 7

Ich liege im Wohnzimmer auf dem Teppich und höre Hörspiel. Plötzlich schreit jemand ***AAAHHH!!!***, und zwar ganz schlimm laut. Der AAAHHH-Schrei kam aus dem Bad.

„KA-TIN-KA!!!“, ruft Mama. „Komm SOFORT her!“

Ui. Was ist denn da passiert? Ich springe auf und renne ins Bad.

Mama starrt die Klotür an, dann mich. „Was um alles in der Welt hast du dir dabei gedacht?“

„Das ist coole Kunst. Kafiti.“

Mama guckt ganz kalt und die Ameisen in meinem Bauch erfrieren und werden zu einem dicken, schweren Klumpen.

„Du kannst doch nicht einfach unsere Klotür

bemalen!“ Mama fasst sich an die Stirn. „Was ist denn nur los? Erst in der Schule, dann bei uns!“

„Aber du hast doch gesagt, woanders darf ich, und in dem Café, da hast du das bemalte Klo lustig gefunden“, sage ich leise.

„Das ist doch was ganz anderes, das ist … ach.“ Mama zeigt auf die Tür. „Das schrubbst du weg. Und zwar, bis kein einziger Klecks mehr zu sehen ist. Ich setze mich solange auf den Balkon. Alleine. In Ruhe.“ Sie schnauft und verschwindet aus dem Bad.

Auf einmal steckt Tammo den Kopf zur Tür herein. „Was ist los? Kiki-Kacke, oder?"
Ich strecke ihm die Zunge raus.

Tammo sieht sich die Klotür an. „Oh Mann!" Dann guckt er zu mir und seine Augen werden ganz dunkeltraurig.

Da merke ich erst, dass Tränen über mein Gesicht kullern. Tränen, weil Mama sich gar nicht gefreut hat. Erst gab's Gewitter von der Königin, dann von Mama. „Ich muss das alles wegschrubben", schniefe ich.

„Kann dir ja helfen", sagt Tammo.

„Echt?" Ich blinzele.

„Klar. Wenn ich die Tafel Schokolade kriege."

Die Schokolade ist das Einzige, was noch aus meiner Zuckertüte übrig ist. Die wollte ich eigentlich zusammen mit Melody futtern. Oder alleine. Aber dann sehe ich all die Buchstaben und Krönchen auf der Tür. Das schaffe ich nie!

„Okay", seufze ich.

Und schon schrubben wir los. Mit Lappen, Schwamm und Putzmittel. Schrubb, schrubbi, schrubb.

„Oh Mann ey, das geht ja gar nicht weg!“, stöhnt Tammo.

„Ist ja auch Matzes Zauberstift.“

„Echt jetzt?“ Tammo knallt den Schwamm in den Eimer, dass das Wasser rausspritzt.

„DEN hast du genommen? Das können wir vergessen.“

„Aber … aber … aber Mama kriegt dann die Krise. Also, schon wieder.“

Tammo starrt die Tür an und denkt nach. „Warte mal. Mama will davon nichts mehr sehen, stimmt's? Na ja, dann könnten wir ja …“

In Tammos Augen ist so ein Funkeln. Das hat er immer, wenn ihm was richtig Tolles eingefallen ist.

Kapitel 8

Das Tolle, das Tammo eingefallen ist, dauert ganz schön lange. Aber nicht so lange wie Schrubben. Außerdem macht es mehr Spaß. Nachdem wir endlich fertig sind, setzen wir uns auf den Rand der Badewanne. Einen Moment bestaunen wir unser Werk.

Tammo packt die Schokolade aus. Ganz langsam. Erst raschelt das Papier. Dann knistert die Folie. Und zuletzt knackt die Schoki. Tammo beißt davon ab, als wäre es eine Stulle.

„Hm …", macht er mit geschlossenen Augen.

„Du bist gemein!", sage ich.

„Jo", sagt Tammo.

Mit offenem Mund gucke ich ganz genau zu, wie Tammo meine Schokolade futtert.

Tammo seufzt und hält mir die Schoki hin. Schnell beiße ich ein Stück ab. Ein riesengroßes. Jemand läuft über den Flur. Auf einmal steht Mama vor uns. Sie gähnt und streckt sich.

„Oh Mann, jetzt bin ich glatt eingeschlafen auf dem Balkon. Ihr wart aber auch schön leise."

„Ja. Und noch schöner fleißig!", sage ich stolz und schiele zur Tür.

Tammo stößt mich in die Seite und ich stoße zurück.

Mama dreht sich um. Als sie die Tür sieht, schnappt sie nach Luft. So dolle freut sie sich! Dann taumelt sie zwei Schritte rückwärts und setzt sich langsam auf den Rand der Badewanne.

„Kein einziger Klecks mehr!“, sage ich und grinse.

„Jo. Kein Klecks Weiß“, sagt Tammo.

Die Tür ist schwarz. Weil, wir haben sie ja von oben bis unten schwarz angemalt.

„Die sieht jetzt toll aus, oder?“, rufe ich und wackle mit den Beinen. „Wie ein geheimnisvolles schwarzes Loch, wo man so durchhuschen kann, irgendwohin …“

„In ein anderes Klo-Universum“, sagt Tammo.

Mama schielt von der Tür zu Tammo und mir.

„Aber das Beste ist die Krone! Die ist suuuper schick, stimmt's, Mama?“

Die Krone habe ich mit einem goldenen Zauberstift mitten auf die Tür gemalt, ganz groß.

Ein Zacken ist etwas krumm. Als ich den gemalt habe, hat Tammo mich gekitzelt.

Mama entdeckt die Zauberstifte auf dem Badvorleger. Sie hebt sie vorsichtig auf, als wären sie gefährlich.

„Sind das diese wasserfesten, nie wieder abwischbaren Stifte?", fragt Mama langsam. Sie hat so eine Stimme, als würde sie irgendwas ganz Schlimmes ahnen. Und als würde gleich irgendwas Schlimmes passieren.

Ich sehe Mama besorgt an und lege meine Hand auf ihren Oberschenkel. Weil, ihr Gesicht ist so platt und weiß wie eine Badfliese.

In dem Moment geht die Wohnungstür auf. „Hallo! Wer da? Ich!“, ruft Matze wie immer, wenn er nach Hause kommt. Der Schlüssel klimpert, seine Schuhe poltern und seine Jacke raschelt. Dann tapst er über den Flur ins Bad.

„Was iss'n hier los? Familienrat im kleinen Bad?" Da sieht Matze die Tür von innen. „Oh! Äh! Wow! Das ist ja der Hammer! Das ist … mal was anderes."

„Siehst du, Matze gefällt es auch!" Ich tätschel Mama den Oberschenkel.

Matze entdeckt die Zauberstifte in Mamas Hand. „Ah, ihr habt das alle zusammen … ein Gemeinschaftswerk, verstehe. Doch, doch, das ist ganz große Kunst. Absolut."

Ich strahle und gucke kurz zu Tammo. Der popelt gerade.

„Stück mal 'n Rück", sagt Matze und quetscht sich neben Mama. Und dann, als er den Arm um Mama und mich gleichzeitig legen will, passiert es: Wir rutschen vom Rand der Wanne volle Kanne in die Wanne. WOMMS! Erst schreien alle. Dann gucken alle blöd. Und dann lacht Matze los. Danach Tammo, der ist nämlich mit Popeln fertig, und ich sowieso.

Das Lachen der anderen kitzelt wie eine heiße Dusche. Und wir wackeln, weil wir so doll lachen in unserem Lachbad. Wie Wackelpudding! Eine ganze Badewanne voll! Das habe ich mir schon immer gewünscht.

Aber das Beste ist: Mama lacht am aller-, allerlautesten.

Kapitel 9

Am nächsten Morgen warte ich vor der Schule auf Hanna. Auf einmal rattert Melody mit dem Roller auf mich zu und macht eine Vollbremsung.

„Hallo!“, sagt Melody und guckt mich neugierig an. „Hast du echt auf’m Schulklo rumgemalt?“

Ich nicke. „Mit Hanna. Und jetzt sind wir auf der Gewitterwolke.“

„Der Gustav, also bei mir in der Klasse, der war auch schon auf der Gewitterwolke“, erzählt Melody. „Der hat dem Malik den Stuhl weggezogen und der ist dann voll auf den Poppes gekracht.“ Melody kichert.

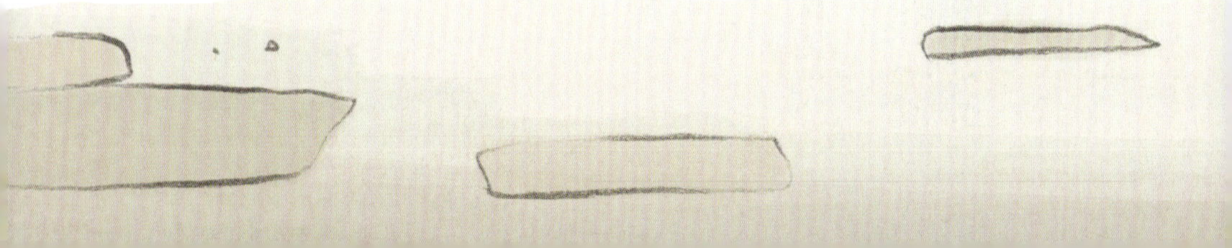

Ich auch, aber nur ganz kurz. „Ist er immer noch auf der Gewitterwolke?“

„Nö, schon längst wieder Sonne“, sagt Melody.

Da kommt Hanna. Ich sehe, wie sie aus dem Fahrradkasten klettert und sich von ihrem Papa mit Küsschen verabschiedet. Ich warte, bis sie bei uns vorbeikommt. „Hanna?“

Erst denke ich, sie geht einfach weiter, aber dann bleibt sie stehen.

„Das ist Melody.“ Ich zeige auf meine Kindergarten-Freundin. Hanna guckt Melody mit großen Augen an und flüstert: „Kannst du echt im Stehen Pipi?“

Melody reckt das Kinn. „Kann ich dir ja mal zeigen.“

„Oder sogar beibringen!“, werfe ich ein. Hanna zieht langsam eine Schulter hoch. Das sieht aus wie Nicken mit einem Fragezeichen.

„Und in Melodys Klasse, da geht der Gustav und der war auch auf der Gewitterwolke und ist gleich wieder runter“, erzähle ich und wippe auf den Zehenspitzen.

„Klar, ihr müsst nur irgendwas Nettes machen“, sagt Melody. „Was singen oder so.“

„Hinter dir, hinter dir, hängt eine Rolle Klopapier!“, singe ich laut und sehe, dass Hanna grinsen muss.

„Oder der Lehrerin Blümchen bringen“, sagt sie leise.

„Genau. Aus dem Schulgarten“, sagt Melody.

„Oder ihr was vom Pausenbrot abgeben“, sage ich. „Ich glaub, heute hab ich Leberwurst. Aber der Feldwebel kriegt nichts ab.“

„Nö!“ Melody nickt.

„Oder ganz viele Herzchen malen, an die Tafel“, sagt Hanna.

„Ihr könnt Frau König eine Krone basteln!“, sagt Melody.

„Oder eine Papierkette aus lauter schönen Kringeln“, sage ich.

Melody, Hanna und ich überlegen noch eine Weile, was wir alles Nettes machen können. Dann müssen wir zu unseren Klassenzimmern. An der Garderobe holt Hanna etwas aus ihrem Schulranzen. „Für dich“, sagt sie leise.

„Danke!“ Ich strahle und grinse und freue mich so doll. Über den Quetschie, aber vor allem über den rosaroten Spaßklecks, der jetzt wieder auf Hannas Nase leuchtet. In Gedanken nicke ich Mama zu: Mit Hanna kann man durch Gewitter gehen.

Franziska Gehm, geb. 1974 in Thüringen, schrieb zahlreiche Bücher, die in viele Sprachen übersetzt und verfilmt wurden.
In der Schule war sie in Kritzelkunde ganz gut. Noch besser war sie im Träumen (leider kein Schulfach).

Fréderic Bertrand wurde 1981 in Minden geboren, kritzelt, seitdem er einen Stift halten kann, auf allem und jedem herum und lebt heute in Berlin.

Katja Frixe / Tessa Rath

Ich bin (d)ein Buch, wickle mich aus!

Vorsicht! Hier spinnt ein Buch!

Das freche Buch ist wieder da. Es hat sich verkleidet, um noch besser herumspuken zu können. Und alles steht Kopf, sobald es ausgewickelt ist: beim Kindergeburtstag, in der Schulstunde und beim Waffelbacken auf dem Schulfest. Diesmal ist es ausgerechnet bei Flo gelandet. Flo ist nämlich ein echter Lese-Muffel. Doch als er in der Schule Ärger bekommt, ist das Buch gleich zur Stelle. Denn es kann nicht nur spuken, sondern auch helfen ...

Band 3
128 Seiten • Gebunden • ISBN 978-3-401-71907-8 • www.arena-verlag.de

Sandra Grimm / Laura Bednarski

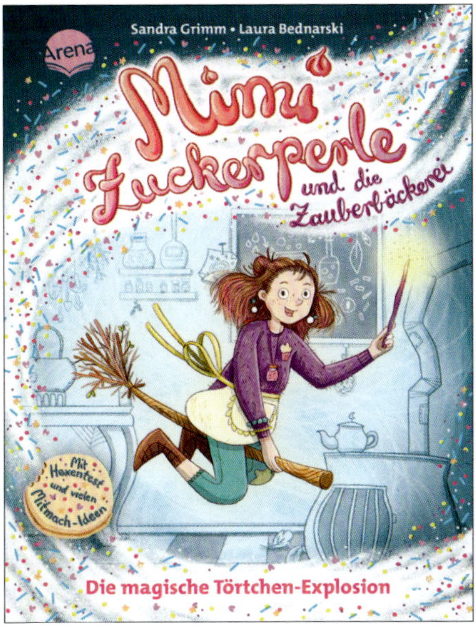

Mimi Zuckerperle und die Zauberbäckerei

Die magische Törtchen-Explosion

Die Hexenschule braucht magische Unterstützung in der Zauberbäckerei. Da ist Mimi Zuckerperle genau die Richtige! Sie war schon Bäckerin am Südpol und Forscherin für Vulkangebäck. Und sie weiß alles über Wolken-Muffins und Zitronen-Hexenküsse. Natürlich bewirbt sie sich sofort als Lehrerin für die Hexenschulkinder. Doch auch die schaurig-geheimnisvolle Hexe Furunkel meldet sich zur Probe-Backstunde an. Zum Glück kennt Mimi ein zauberhaftes Törtchen-Rezept!

Band 1
96 Seiten • Gebunden • ISBN 978-3-401-71835-4 • www.arena-verlag.de